AF316327

LA
JOINVILLÉÏDE.

POÈME HÉROÏQUE

Par **M. CHALETTE**, Géomètre délimitateur
du Cadastre de la Marne.

Châlons,

BONIEZ-LAMBERT, IMPRIMEUR-LIBRAIRE.

1838.

La Joinvilléide.

POÈME HÉROÏQUE.

Mgr le Duc de Joinville est censé avoir abordé l'Angleterre par suite d'une tempête, le lendemain du couronnement de la reine Victoria.

Le Prince. Madame, j'obéis à votre ordre suprême.
Vous voulez que de moi je vous parle moi-même,
Et que je vous rappelle une suite de faits,
Tels qu'ils ne renaîtront probablement jamais.
Hélas ! moi, né d'hier, puis-je avec assurance
Narrer comme il convient les destins de la France,
Pendant le demi-siècle à peine révolu,
Où l'on a tout refait ? Ainsi Dieu l'a voulu :
Mon pays a changé jusqu'à son oriflamme !
Pour ses enfans chéris, votre sexe, Madame,
Offrit à mon aïeul un savant *Gouverneur*,
Qui sut toujours tenir son poste avec honneur.
Familiarisés avec la gymnastique,
Les princes ont acquis une force athlétique,

Qui, sans nuire à l'étude, a, dans les mauvais jours,

Pour eux, purs, mais bannis, été d'un grand secours.

Je m'arrête à l'ainé. Ce noble et mâle élève,

Par de sages leçons au sublime s'élève.

Sans cesse il visitait les humbles ouvriers,

Les savans professeurs, les divers ateliers ;

Des bienfaits et des arts il connut les pratiques.

Il se fit un beau nom dans les mathématiques ;

Et lorsqu'à dix-sept ans le cri de Liberté

Remua tous les cœurs d'une immense Cité,

Il comprit le grand sens du mot patriotisme.

La Cour mortifia cet élan de civisme,

Par un déni cruel : la rougeur sur le front,

Le Duc, stoïquement, dévora cet affront.

A seize ans colonel, caserné dans Vendôme,

L'amour de ses devoirs confirma son diplôme.

Respecté du soldat, chéri des habitants,

Tout fut réglé sous lui par mille soins prudents.

Pour un sublime trait de dévoûment nautique,

Le Colonel reçut la couronne civique.

L'histoire enregistra que dans l'art de guérir,

Il sut mieux opérer encor que discourir,

Et dans mille combats, fidèle à son principe,

Mérita le surnom de Général Philippe.

Dans un drame sanglant, mon aïeul, de rigueur

Usa, j'en conviendrai. Dieu lisait dans son cœur.

Le sage peut outrer l'amour de la patrie,

Et l'ame trop sentir les coups qui l'ont aigrie.

La Reine. Je sens ce qu'on éprouve en de semblables cas.

Il fut des Cours, foyers d'envie et de tracas.

Sur le compte du Roi, gloire à votre tendresse !

Au retour, quel moment pour sa trop juste ivresse !

Le Prince. Reine, votre grand cœur peut bien le concevoir,

Quand l'univers entier se complaît à savoir

Combien ce noble cœur, cette ame si royale,

Brûlent de piété touchante et filiale !

Vous, l'ointe du Très-Haut, quel bonheur désormais

Votre beau règne assure au sage peuple Anglais !

La Reine. Vous me flattez : parlons France, histoire, voyages,

But, explorations sur de lointains rivages.

Le Prince. Madame, un si bon père, aussitôt qu'il fut roi,

Dit successivement à mes aînés, à moi :

Portez au loin les vœux que je veux faire entendre ;

Mes fils, soyez les bras que je voudrais étendre,

Pour étreindre par tout nos frères, les Français.

Je les porte en mon cœur de loin comme de près.

Toi, mon premier né, va : renouvelle en Afrique,

Avec ma brave armée, une juste *punique.*

Ce grand travail fini, tu reprendras au Nord,

Assisté de Nemours, un bien célèbre fort.

Que ta gloire aille au cœur d'une royale fille,

D'Hélène, rejeton d'une illustre famille !

Lorsque tu goûteras les douceurs de l'hymen,

Nemours, brave, tendant à Joinville la main,

Ira grandir son nom dans cette Constantine,

Où la mauvaise foi conspire et se mutine.

Qu'on ne m'accuse point avec déloyauté ,
D'avoir brigué ni fui l'austère royauté.
Né , froissé , revenu sur les degrés du trône ,
J'ai connu dès long-temps le poids d'une couronne ,
Et quand le probe fils d'Henri le bien aimé ,
Contre les factions combattant désarmé ,
Vit renaître pour lui la proscrite torture ,
Et succomba , héros noirci par l'imposture ,
De son poste glissant j'ai compris le danger.
Sa vertu ne sut point, hélas ! le protéger.

Quand il dit, sans aigreur, enfermé dans le Temple :
« Mon fils , que tristement mon œil ici contemple ,
» Si vous avez jamais le malheur d'être roi ,
» Oubliez tous les torts !... » Je fus rempli d'effroi ,
Et quand beaucoup plus tard , je dus tenir des rênes ,
Que relâcha Coblentz et que rompit Varennes ,
Je me souvins du jour qui désignait les Rois
Comme ennemis mortels de tous les plus saints droits.

Il faut, mes chers enfans , que je vous prémunisse
Contre tant d'hommes vils , fauteurs de l'injustice ,
Et que mon tendre amour vous dise en peu de mots
Comment le sang français se versait à grands flots.

Les Chabot, les Marat , les Hébert , les Chaumette ,
De l'atroce terreur torturant la trompette ,
Criaient : Egalité , Régénération !
Et baignaient dans le sang leur folle ambition.
L'homme ne devait plus obéir à des Maîtres !
Mais ces vils délateurs se qualifiant traîtres ,

S'envoyaient tour à tour en masse aux échafauds.

Victimes et tyrans fatiguaient les bourreaux !

Dans cet affreux conflit, cahos d'ignominie ,

Aux cieux le Roi lancé , la noblesse bannie ,

Soldat adolescent, réputé valeureux , .

Moi, suspect comme Prince, et partant dangereux ,

Les miens emprisonnés , je dus sortir de France,

Sans secours , emportant à peine l'espérance !

La Reine.   Pour un cœur aussi pur , quelle position !

Et combien fait penser votre narration !

L'intérêt que je prends à la noble conduite

Du Roi , me fait vouloir le suivre dans sa fuite.

Le Prince.   Au choc des nations sur ce globe enflammé ,

Aux combats de géants , mon père accoutumé ,

Ne pouvait plus subir une existence oisive :

La patrie en son cœur portait sa voix plaintive.

Il lui fallait des Lacs , des monts de Saint-Gothard

Qu'un soleil embrumé colore tôt et tard ,

Toute une Suisse, enfin, pour faire des études ,

Qui fermassent ce cœur à tant d'inquiétudes.

Heureux de posséder quelques rares talens

Que l'on n'imposait guère aux Princes de ce tems ,

Il sut à Reichenau préparer des élèves

A fixer le bonheur : ce fut l'un de ses rêves.

Sous le nom de Latour cherchant l'obscurité ,

Son mérite nuisait à sa sécurité.

Il projetait son ame au sein de sa patrie ,

Sous des buveurs de sang , dans les larmes flétrie.

Une clameur qu'arrache un étrange attentat
Le contraint à changer et de titre et d'état.
L'horreur l'emporte loin des cantons Helvétiques :
Sa course est suspendue aux ports Anséatiques ,
D'où , traversant le Sund , il trouve un peuple ami ,
Auquel il cèle un nom qu'on devine à demi.
Pour ne nuire à personne , à pied , cosmopolite ,
Ce qui plaît au vulgaire avec soin il l'évite.
Par la Scandinavie il arrive à Mora ,
Où le fameux Gustave , en sage , élabora
Le complot qui plus tard le fit roi de Suède.
Du feu qu'il y maintint le sol reste tiède ,
Et mon père y puisa , Madame , avec succès ,
Les dons que l'on souhaite en un roi des Français.

La Reine. De ces Princes , vraiment , la double destinée ,
Qui tient du merveilleux , rend mon ame étonnée.
Poursuivez. **Le Prince.**-Le proscrit atteint un golfe, un port
D'où , par les monts d'Ossian il arrive au cap Nord ,
Au-delà du plateau de sauvage nature ,
Où des savans ont pris d'un degré la mesure ;
Où Regnard a cherché des inspirations ,
Avant d'aller ramer chez d'autres nations.
Le Roi , comme Fingal , put voir dans les nuages ,
Les esprits congelés d'honorés personnages.
Il connut les Lapons , peuple presque ignoré ,
Qui n'est sur nos débats nullement éclairé.
Foulant d'un pied hardi la calotte polaire ,
Entouré de ces nains auxquels il sait complaire ,

Il savoure à loisir un froid et bien long jour,

Étonné, presque heureux, dans ce triste séjour.

La Reine.   Quel spectacle ! un héros méditant près du pôle,

Quand un autre, en vrai Mars, triomphe dans Arcole,

Devant s'ouvrir tous deux au trône un libre accès,

L'un pour être Empereur, l'autre Roi des Français !

Maitrisant les Destins, divine Providence,

Qui peut contre tes lois tenter la résistance ?

Prince, à votre récit un intérêt puissant

S'attache, et, plein de charme, il va toujours croissant.

Le Prince.   Le Duc passe en Finlande, où le Russe domine,

Et se prive d'aller saluer Catherine,

Craignant un froid accueil. A Stockolm revenu,

Et, malgré ses efforts, de plusieurs reconnu,

Il s'arrache aux honneurs que la Cour lui prodigue,

Et que pourrait troubler une ombrageuse intrigue,

Non pourtant sans avoir visité l'arsenal,

Dont la Suède est fière, après Frédérickshall.

Il s'embarque au désir d'une mère chérie,

Et dans un nouveau Monde il cherche une patrie.

Montpensier, Beaujolais, de prison délivrés,

Avec amour bientôt sur son cœur sont serrés.

La noble scène enchante, émeut Philadelphie,

Pays de liberté, ciel de philosophie,

Où de quelques Français le rôle fut si beau !

Lafayette, Dumas, Lameth et Rochambeau,

Vous à bon droit nommés les héros des Deux-Mondes !

Fut-il en nobles traits des ames plus fécondes !

De ces guerriers, Madame, exaltés par ma voix,
Votre grand cœur, peut-être, a blâmé les exploits ?
La Reine. Pourquoi ? Ce peuple fier a cru sa cause juste.
Continuez de grâce.—Le Prince. —O Reine sage, auguste,
Comme vous exprimez les nobles sentimens,
Qui vous rendront fidèle à vos engagemens !
Mon père, franc et droit, votre allié, Madame,
A toutes les vertus que récèle votre ame.
A tout jamais unis, les Bretons, les Français,
Marcheront d'un pas sûr de succès en succès.

Le proscrit regrettait les dons de la fortune,
Moins pour se procurer une suite importune,
Que pour redonner cours à ses anciens bienfaits,
Soin dont l'homme de bien ne se départ jamais.
Ne pouvant au repos condamner sa jeune ame
Un projet de voyage et le tente et l'enflamme.
Emmenant tout joyeux Beaujolais, Montpensier,
Ils courent le pays chacun sur un coursier.
Des terrains en culture ils dépassent les bornes,
Traversent des marais, escaladent des mornes.

Sous des chênes géans, défigurés et creux,
Couvrant de leurs débris des rejets vigoureux,
Ils trouvent, se croisant, d'innombrables lianes,
Qui semblent leur crier : Alte, respect, profanes !
Ne cherchez point ici de routes, de sentiers,
Que ne pourraient s'ouvrir enchanteurs ni sorciers !

Les princes, néanmoins, prudemment intrépides,
Entrent, passent vingt nuits sur des herbes humides,

Munis d'un plat bissac, pour aller visiter
L'homme en ces durs climats capable d'habiter....
La nature de fer, sauvage, grandiose,
Les faisait remonter de l'effet à la cause,
Et, pour leur ame tendre, il n'était pas un lieu
Dans cent climats divers, qui ne proclamât Dieu !

Disons-le cependant, fragiles que nous sommes,
Dieu se voyait banni du cœur de puissans hommes,
Et ce fait malheureux consolait des proscrits
Si loin de leur patrie et d'êtres si chéris,
Au sein d'une peuplade inculte, hospitalière,
Ayant une ame, un cœur formés pour la prière !
Oui, là, nos pélerins trouvaient sympathisans,
Des êtres dégradés, sans arts, mais bienfaisans.

Le Duc a su charmer la sauvage peuplade
Chérakis, en saignant, guérissant un malade.
Lui qui, loin des ingrats, ruiné, vit errant,
Là-bas, s'il l'eût voulu, d'un Dieu prenait le rang !

Quelles hautes leçons l'ainé donne à ses frères
A chaque pas qu'ils font sur ces stériles terres !
Qu'arrivait-il alors sous le ciel de Paris ?
Lyon rasé, Toulon pleurant sur leurs débris.
Plus tard un Directoire usé par les défaites ;
De dégoût ou d'horreur tant de bouches muettes,
Appelaient de leurs vœux un bouleversement,
D'où put surgir enfin un vrai Gouvernement.

Bonaparte en Egypte, au désert, en Syrie,
Soupçonnant les malheurs de sa noble patrie,

Accourut désiré, reparut en Sauveur.
Tous les sages sur lui fondèrent leur bonheur.
En maître mécontent il se fit rendre compte,
De cette gestion qui tournait toute en honte.
D'avides trafiquans, le temple nétoyé
Ne recèle plus rien de ce qui l'a souillé,
Et le peuple criant : Le pouvoir au plus digne !
Le général adhère à cet honneur insigne.
Il veut que tout village implorant l'Éternel,
Rétablisse en son temple un culte solennel.
On replace les Saints, on invoque les Anges,
Et du Consul à vie on chante les louanges.

    Reparaissez, justice ; éteignez vous, bourreaux ;
En tête de l'armée, arrivez généraux,
Et si quelqu'ennemi rêve notre conquête,
Soyons, et vous et moi, prêts à lui tenir tête,
Dit Napoléon, quoi ! l'on rive encore des fers
Sur l'élite d'un peuple, honneur de l'Univers !
Mon indignation ne se contient qu'à peine !
Qu'une Cour haute apure, arbitre souveraine,
Tant de comptes peu clairs et trop arriérés,
Qui tiennent en exil d'innocens émigrés !
Que l'ancienne s'allie à la jeune noblesse !
Surgisse le mérite et que rien ne le blesse !

    Fait Empereur, marchant à la tête des rois,
Napoléon partout, de sa puissante voix,
Adresse un prompt rappel à plus d'un nom illustre ;
Mais celui d'Orléans brille d'un trop grand lustre,

Pour n'effaroucher pas le sol républicain.
Mon père garda donc son poste américain.
Il fallut qu'il luttât contre la fièvre jaune,
Fléau plus redouté que celui de Bellone.

Vous n'imaginez pas ce que le Ciel permit
De traverses encore avant qu'il ne remit
Les enfans résignés, dans les bras de leur mère,
Hôte, mais forcément, d'une terre étrangère !
Et l'Ohio sinueux et le Mississipi,
Qui coule tour-à-tour, fougueux, puis assoupi ;
La Nouvelle Orléans, devenue Ibérique,
La Havane, Halifax, l'Océan atlantique,
Londres et Gibraltar ; Maltais et Minorquins,
Royalistes *quand même* et fiers républicains,
Pourraient sur ce sujet dicter plusieurs volumes,
Et les commentateurs faire courir leurs plumes.

Sur le sein maternel ne furent réunis,
Et tard, que la Princesse avec l'aîné des fils ;
Deux des Princes, minés par un dur esclavage,
De leur pays n'ont vu que de loin le rivage,
Et sont morts regrettant de ne pas l'embrasser.

Mon père a pu bientôt en Sicile passer,
Ensuite à Gibraltar, encore en Angleterre,
Où l'on veut l'enrôler dans l'armée étrangère.
Mais pour se laisser vaincre il était trop Français.
Son refus augmenta l'estime des Anglais.
Alors il parcourut vos royaumes, Madame,
Et du patriotisme y vit croître sa flamme.

Ici de tous les arts les problèmes ardus
Sont par la Liberté compris et répandus.

A l'heure du départ une illustre Princesse,
Sa sœur, après seize ans, s'offrit à sa tendresse.
A rechercher un frère elle a passé six mois,
Et ce n'est qu'à Portsmouth qu'il répond à sa voix.

Cette Princesse, seule, a pu joindre sa mère ;
D'un dur refus le prince eut la douleur amère ;
Mais plus tard, à Palerme, enfin il la reçut,
Et l'auguste Trio dans l'épanchement sut
Se bien dédommager d'une si longue absence.

Un rejetton de rois, dans son adolescence,
Une auguste Amélie, un ange de vertu,
Qui contre la tempête a deux fois combattu,
Qui d'un père exilé soutenait le courage,
Au mien donna sa main. Gronde encore l'orage !
Louis-Philippe est sûr de fixer le bonheur.
Il s'allie aux Bourbons sans déserter l'honneur.

La Reine.   Je sais, Prince, je sais que Marie-Amélie
Est, pour le monde entier, une Reine accomplie.

Le Prince.   Au pied du vaste Etna, mon père était heureux,
Faisant pour l'univers des souhaits généreux.
A Cadix, appelé par la haute Régence,
Il accourut répondre à tant de confiance,
Mais envain ; à Palerme on le fait repasser.
Napoléon bientôt, pour se débarrasser
Du soin que lui donnait la puissante Russie,
Fit marcher l'Occident contre cette Scythie ;

Mais le froid détermine une défection ,

Qui réprima l'élan de notre nation.

Le trône est occupé par cette branche aînée

Dont Albion soutint la cause ruinée.

D'exil, Napoléon revint ; mais Waterloo

Tranforma son audace en odieux complot.

Son ame ardente éprouve une indicible gêne ,

Dans une ile célèbre à jamais , Sainte-Hélène ,

Où depuis dix-sept ans il est mort résigné.

Louis régnait. Bientôt on dit : Il a régné ,

Et Charles dix déçu signa les ordonnances ,

Hostiles aux saints droits , aux hautes convenances.

Il est donc à l'exil condamné , puis conduit.

Le respect l'accompagne , une escorte le suit.

Il emporte de l'or , et dans leur résidence

On garantit à tous une noble existence.

D'illustres citoyens engagèrent leur foi

A mon père , par eux , forcé d'être leur roi.

La Reine. Ce vœu fut reconnu le saint vœu de la France ,

Qui dans votre famille a mis son espérance.

Mais , parlez-moi de vous , aspirant Amiral ,

Et des Ruyter , Nelson , Jean-Bart , bientôt rival.

Le Prince. Je m'apprête , Madame , à marcher sur leurs traces.

Si je puis m'attirer par là vos bonnes grâces ,

Je me trouverai , certe , au comble du bonheur.

Le Roi me fit entrer dans ce corps où l'honneur

Distingue le plus haut comme le moindre grade :

Sur l'Hercule , de Brest quittant la vaste rade ,

Je descendis au sud à travers l'Océan,

Et j'abordai, charmé, l'île au Pic, vieux volcan,

Pilier resté debout de la vaste Atlantide,

Dont la chûte ébranla l'archipel hespéride.

Sur ce pic réfroidi, d'un difficile accès,

Entouré de savans, faisant avec succès,

Des observations et des expériences,

Propres à reculer les bornes des sciences,

Je reçois l'ordre exprès de reprendre la mer.

Nous quittons Ténériffe, et dépassant Tanger,

Ceuta, nous abordons la Méditerranée,

Mer veuve de forbans, vaste lac d'eau salée,

Immensément réduit par l'ardente vapeur.

L'Hercule y va briller dans un nouveau labeur.

Vers Tunis contenant la flotte Bysantine,

Il facilitera l'assaut de Constantine.

Ce dessein a flatté ma jeune ambition.

Quel bonheur de combattre une hydre, un fier lion !

L'Hercule, dans les eaux où domina Carthage,

Regarde fièrement l'Asiatique plage,

Où pour de grands projets cent vaisseaux conjurés,

Se seront vainement au succès préparés.

Bone m'offre son port : Augustin, je t'oublie.

Je n'entends qu'une voix : celle de ma patrie !

Désirant voir tomber de perfides remparts,

Je brûlais un chemin fait de rochers épars ;

Mais du soldat français la fougue constatée

A trompé dans son but une course hâtée.

Bien loin de ses talens j'eus le sort de Crillon,
Et j'entrai sur les pas du dernier bataillon
Dans la forte cité que défendit la rage
D'habitans dans l'erreur, bien plus qu'un vrai courage.

Si dans ce jour si beau mon espoir fut trahi,
Je repartis content, car j'avais obéi.
Je repris donc la mer : ainsi que Télémaque
J'y cherchai moins un père, un autre roi d'Ithaque,
Que de l'instruction, dans les divers séjours,
Chez les anciens amis de l'auteur de mes jours.

En vous les racontant, je crois sentir, Madame,
Dans toute leur ardeur les élans de son ame
Quand quelque passager, commerçant ou soldat,
Ou le journal, disaient le succès d'un combat,
Le gain d'une bataille, une grande victoire
Dont par ses vœux ardens il partageait la gloire !

Quand, mon service fait, je goûtais le sommeil,
La patrie était là qui charmait mon réveil,
Avec tous les attraits dont une mère brille :
Ma seconde pensée était pour ma famille.
Ma troisième un peu tard, j'en dois ici l'aveu,
Fervemment adressait au Ciel un bien doux vœu.
Mais en digressions je vois que trop j'abonde.

Par ordre souverain je quittai l'ancien monde,
Emportant mille objets curieux, peu connus,
De princes cuivrés, noirs, avec peine obtenus.

Quand j'eus fait mes adieux à la brûlante Afrique,
L'équateur nous porta vers la double Amérique,

Pour serrer nos liens avec cent nations ;
Examiner leurs mœurs et leurs productions :
Soulevés par le flux, remonter leurs eaux vives ;
Voir leurs riches filons, leurs forêts primitives,
Un sol vierge peuplé d'habitans si divers,
Où l'Anglais aujourd'hui brise d'odieux fers.
Partout bien accueillis comme enfans de la France,
Et d'une paix durable emportant l'assurance.

D'Amérique je vis les plus célèbres ports,
Excitant, éprouvant de sincères transports ;
Fier des ovations que je dus à mon père,
Dont le nom a germé sur un sol si prospère :
Ce talisman charmait et travaux et loisirs.
Mais il faut donner cours à de nouveaux désirs.

Bientôt des ports français cherchant les parallèles,
Au vaisseau, notre espoir, nous souhaitions des ailes,
Quand un nuage obscur paraît à notre avant,
Accourt, s'étend, bruit. La nef résiste au vent ;
Mais la tempête éclate, en lui sifflant : Recule :
Cet ordre impérieux n'affecte point l'Hercule ;
Dans la vague il se plonge et la tranche d'un bond,
La roule sur l'abime et s'en construit un pont.
Sur la vague suivante, ébranlée, en balance,
En Dieu victorieux promptement il s'élance,
Et d'abyme en sommet, passant comme un lion,
Il surmonte la barre, il atteint Albion ;
Il y vient saluer le sol des Trois-Royaumes,
Ce sol qu'ont illustré les Georges, les Guillaumes,

Des reines dont souvent il se glorifia ,

Ce sol, fier aujourd'hui d'une Victoria !

Je voulais, inconnu, voir la riche Angleterre ;

Il me tardait de joindre et d'embrasser un frère.

Un œil royal perça ce strict incognito ,

Et votre ordre eut sur moi la force d'un véto.

Votre accueil généreux, ô sublime Princesse ,

Va du Roi des Français embellir la vieillesse.

Tous les honneurs rendus à son grand Conseiller ,

Par vous, par Wellington, ne peuvent s'oublier.

Nemours , preux et vaillant, sur l'arçon vous proclame

L'honneur de votre sexe , et sa Reine et sa Dame.

Votre Majesté sait , par cette fin , comment

Je suis en ce palais, dans le ravissement.

Si vous le permettez , je cours dans ma famille ,

Dire de quel éclat votre couronne brille.

Que Dieu sauve la Reine et le grand peuple Anglais !

La Reine.   Que Dieu sauve la France et le Roi des Français !